KB060258

청어詩人選 456

나라는 사람 2

윤혜원 시집

청어

시인의 말

알을 깨고 나와
퍼드덕 퍼드덕 날갯짓하며 독수리가 비상하듯
애벌레가 번데기 되고 번데기가 나비 되어 꽃에 내려앉듯
우리는 문득문득 진화하고 또 성장했음을 자각하게 됩
니다.

이 모든 삶의 여정이
오직 지으신 이의 영광을 나타내기 위함이요,
오늘 하루를 감사함으로 활짝 웃으며
서로 얼싸안고 춤추어야 마땅할 이유입니다.

그래서 더 높고 아름답고 착한 꿈을 꾸며
알 수 없는 내일일랑 걱정하지 말고
간절히 기도할 때만 삶이 꿈이 이루어지겠지요!

2024년 여름 ♣

善美 尹惠援

차례

1부

2부

3부

1부

아리랑 2024

아침 햇님을 봄
내 맘이 눈부시게 밝아옴

눈을 뜨면 지구촌 지도가
눈을 감으면 ♥가 보임

백구를 보면

우리 집 옆 모퉁이
좁디좁은 개똥밭 위
쇠창살에 갇힌 채
한밤에 가끔 짖는 백구 두 마링
하양 진돗개 두 마링

그 춥던 겨울 어느 날
배가 고파서
둘이 서로 우당탕탕 서로 싸우다가
한 놈은 귀때기가 뜯긴 채 핏덩이가 덜렁덜렁
한 놈은 눈탱이가 찢긴 채 눈알이가 덜렁덜렁

자주 맛난 것 챙겨주시고
검정 우산까지 씌어주시는 한터빌라 언냐옹도
세모난 공터에 파, 상추, 가지 등을 일구어 나누시는뎅

안뇽, 백구양 ♥.♥
카누랑 산책 다녀올껭껭껭
매일 안부하던 나도
이제는 오리 목뼈며 장어 대가리 간식을 주러 간다

백구를 보면 내 맘이 안쓰럽고 애틋하다

카누 털 1

세 살배기 울 막둥이 카누
첫해까진 내놓지 못하던
내 침대 위
식탁 위 천정까정
어느새 카누 털이 울 집
온 세상을 지배함
목말라 들이키는 생수병 목아지까정

배 다 까 드러내놓고 두 손발 벌린 채
벌러덩 잠든 그 모습
사랑스러웡

카누 털 2

산책 돌아와 현관문 앞
털어! 하면 털털털 부릉부릉부르릉
씨익 웃는 그 모습
졸귀탱 ♥.♥

야채볶음

감자 한나 가지 한나 당근 반 양파 반
채를 썬다 마늘 세 알 청양고추 청 홍 하나씩
딸내미가 싫어하는 생강은 스리슬쩍 눈곱만큼만

다음 달이면 환갑이 되는 나는
이런저런 야채를 넣고
소금 솔솔솔 간장 쪼르르
우리 태양초 고춧가루 후루룩
뽀까뽀까 지글지글 야채볶음이 짱 좋다

카누와 계양구 산책

맹추위가 가고 눈도 녹아가는
봄날 같은 12월의 끝 무렵
카누와 나랑은
한 시 넘어 볕이 제일 좋을 때
산책을 나간돠아아

카누 발길 닿는 대로
카누의 발걸음을 따라
카누 방댕이가 살랑살랑
나이를 잊은 내 마음도 살랑살랑
살기 좋은 우리 동네 계양구

오늘

오늘 딸내미는
감기로 늦잠을 자고
아점을 함께 먹고
오후에 출근을 한다
다녀오겠습니다
잘 다녀왕 ♥.♥

아침 일찍 안 나가는 누나가
당황스러웠는지
카누는 몇 번이고
나와 누나 방을 오가며
소리 없이 이야기한다
'엄마 눈나가 이상해 ㅋㄷ'

햇볕이 제일 좋은 시간에
카누랑 산책하러 간 공원에서
아인이라는 네 살 여자아이가
이제 조금만 있으면 다섯 살이라 유치원 가요
카누를 만지며 언니가 된다고 뿜뿜뿜 뿜낸다
어느새 회사에 다니며 결혼할 나이가 된
우리 딸내미를 생각하면
뭉클하다 그리고 안쓰럽고
장하고 사랑스럽고…

믹스커피 한 잔

☆다방이 처음 생긴 무렵
아메리카노 붐이 일기 전부터
막내 삼촌이 월남전에서 돌아오실 때 선물상자에서도
G7 닮은 블랙커피 맛을 기억하지요

유난히 수줍던 충청도 양반 어느 형이
결혼하고 아가를 낳아 아가가 걸을 때
신촌 어느 버스정류장까지 배웅나와
어쩜 늦은 고백을 머뭇머뭇하시던
그리고 또 세월이 흘러
홀로 된 내가 라디오에서 흐르는 영화음악을 들으며
고독과 맞서 싸울 때
인생에 대하여
현인들이 수많은 말씀을 남기었으되

솔로몬의 노래가 더 마음에 와닿을 때

잊어야 할 것들은 정녕 잊지 못하고
꼭 기억해야 할 것들은 자주 깜빡깜빡 잊어버리는
한 해가 저물 무렵
그리움과 추억과 아련함을 섞어섞어
휘휘 저어 믹스커피 한 잔 홀짝홀짝

사랑

60을 맞으며 ♥을 생각해 본다

♥이란 세월과 같이 오고 가는 것
강물과 같이 흐르며 오가는 것
마음속에 알알이 박혀
제각각의 빛깔과 향기로

♥은 장미 같은 것
아름답고 뜨겁게 피었다
온전하고 싸늘히 지는 꽃잎처럼
영상만을 남기고 흩어지는

♥은 요리와 같은 것
달콤한 맛 쌉쌀한 맛 새콤한 맛 칼칼한 맛
매콤한 맛 짭조름한 맛 밍밍한 맛
뜨끈뜨끈한 맛 시디시린 맛 아리아리한 맛
곰삭은 맛 콤콤한 맛 눈이 번쩍 뜨이는 맛
요리사 솜씨에 따라 다른 맛처럼

주식

주식은 참 이상해
잘 오르다가도 내가 사면 내려가고
그리 빠지다가도 내가 팔면 쑥 오르고
아무리 차트를 보고
대가들의 조언을 듣고
EPS, BPS, PER, PBR, ROE…
기업정보를 다 뒤적여 보아도

주식은 밥이던 세상이 변하여
요즈음의 젊은이들은 주식이 주식이 되고
투기로 보던 세상이 변하여 투자가 되고
계좌가 꿈이 되었다
오, 아름다운 상승곡선이여
왜 빨간색이냐믄 삼일천하란 말처럼
언제 파란불로 돌아설지 모르니까
기다리던 이에겐 아름다운 하강직선이지

머털도사

이마가 넓고 머리숱이 적어
남들은 그이를 대머리라 부르지만
어찌 그럴 수가 @.@
대머리라뇨, 머털도사라 부르셔야죵

골프장에 맛 좋은 지리산막걸리를 가져다
그늘 집에서 대접하시는 모습에 찡
취권을 가르쳐주신 그이
몸에 힘 빼고 느슨히 쳐랑
어느 뒤풀이 식당 뒤뜰에서 손수 권하노니
깻잎을 따오시니 뒷면이 붉은 자소엽이드랑
시상식에서 임금님표 쌀이 당첨되자
저 어깨에 실어주시며 함박웃음

그이랑 함께라면 술맛이 살더랑
화성공장에서 키우던 누렁이가 없어졌다고
눈시울 적시던 이랑
아무리 맛있는 음식이 늘어져 있어도
곡주만 찾으시는 함양산 애늙은이 영감탱이
시골 어르신들이 된장에 풋마늘 한 쪽 안주 삼으시던
풍광이 절묘히 오버랩되드랑

세월 가면 흐려질 줄 알았는뎅
세월 가도 더 찐하게 클로즈업되드랑

우울증

깜깜한 긴 터널 속에 갇힌 듯
더 이상
무엇을 위하여
왜
살아야 하는지 놓쳤다

한꺼번에
그토록 밤잠 아껴가며 열심히 살았던 것
모두를 사랑하려 애쓰던 것
착하고 아름답게 살아야 한다는 집착에
모든 것이 해피엔딩이 아니란 걸 깨닫고
죽음보다 슬픈 눈물이 마르도록 울고 나서
신께 엎어졌을 때조차

겨우 자고 나면 온몸이 쑤시고 저리는
정신과 약을 먹고 그 약과 싸워
한 줄기 빛을 찾아*
동네 한 바퀴
공원을 돌아
둘레길을 따라
하 넓은 세상여행에서 돌아와
절대 고독을 사랑하는 법을 배웠다

*괴테 作中

팥칼국수

아이들 키울 때는
팥을 삶아 으깨어
팥칼국수를 해 먹곤 했당

아이들이 커서는
가끔 팥칼국수가 궁금해서
국내산 100% 팥칼국수 전문점을 찾아
사 먹곤 한당

눈이 쌓이고
한파가 오더니
동지 무렵 팥죽이 땡겨서
달님이랑 같이 가 사 먹는당

어째서
나 어릴 적 친정엄마가 해주시던
그 팥칼국수랑 맛이 다른 걸까낭

흰머리

한 가닥 한 가닥
내 삶의 열매
영화의 상징

아무 생각 없이 살면
흰머리가 늦게 온다드랑
생체과학적으로 이것은 노화
피하고 싶어도
피할 수 없는 생로병사의 과정

그러나 생각해 보면 흰머리 한 가닥에
꿈 한 가닥
흰머리 한 올에
청춘의 고뇌가 올올히 맺혀

누구든
60이 되면 백발이 된다
어여쁘던 수국의 탐스러운 꽃잎들이
결국은 빛을 여러 번 바꾸다 하얗게 지듯
신록에서부터 한여름 녹음을 뿜내던 잎사귀들이
결국은 빛을 여러 번 물들이다 떨어져 지듯

고독

살아 있다는 것

웃고
울고
노래하며 춤추고
꿈꾸는 것

웃음을 거두었을 때
눈물을 거두었을 때
춤추기를 거두었을 때
꿈조차 꿀 수 없을 때

고독의 섬에 닿는다

바나나

바나나 안 바나나
작은 웃음을 주던 추임새
바나나가 있어도 일주일 그대로 있는
그 바나나를 산다
달님은 바나나를 좋아해서 자루로 산다
햇님은 날 닮았는지 바나나 ☆루란당

바나나에 계피는 궁합이 좋아
바나나를 좋아하는 시몽키
바나나에 바나다

진짜 바보

지금
여기
톨스토이는 말했지
그런데도 늘 그렇게 살지 못했다
바보같이
주위 사람들 위하여
나 스스로
나중에 나중에

나이 육십
반백에 할 일을 잃고
진짜 내가 하고 싶은 일은 무엇인가
10대에 그리던 나의 모습은
흰머리도 멋진 시인이 되어
사인회 시낭송회로 바쁜 나날이었기에

사랑할 때만 글을 썼다는 스탕달
그대가
멀어진 이후에도 훅 치고 들어오는 그리움 탓에
펜을 들 수 없었다
이런저런 핑계로 안부를 전하고파도
지금
여기
진짜 바보가 되었다

해 질 녘

노을이 이뿌넹
음악이 흐르듯
갖가지 빛깔로 물든 구름들이 흐르고
우리 마음도
음악이 흐르듯
이뿐 그리움 안고 저마다 집으로 흐른다

이어링(귀걸이)

《눈물의 여왕》 드라마 보다가
김지원 씨 하고 나온 이어링
5년 전 내 칭구 안동산 김지원 씨가
생일선물로 해준 내 이어링

모티브는 올림픽 챔피언
월계수잎 크라운
금빛 반짝이던 눈부신 그리움
이런저런 일들을 겪고 이겨내
인생은 마라톤
골인하는 저마다 챔피언

오늘 또 내 마음속 이어링
여전히 아름다워랑
눈부셔랑

언니 1

시골 사는 언니가
겨울 김장 김치를 보내올 때마다
우리 아이 둘은
"와아~ 이모는 김치의 신!"
엄지 척을 하곤 했다

복분자 블루베리 오디
감자 열무김치 고춧가루 고구마에 땅콩 검은콩 쌀 등
철마다 얻어 사 먹는
산지 직송 먹거리들마저

옴팡진 언니의 성격처럼
야무지고 꼬수운 맛의 극치였다

시골에서 농사만 짓고 살아도
잠실 시그니엘 도곡동 타워팰리스 겉과 속
갖가지 꽃작물 거래도 하며
이 세상을 보는 눈이
서울 사는 여느 사람 못지않게
똑 부러지는 언니

이 세상의 빛과 소금이
진정 언니 같은 농부가 아닐까

언니 2

아침 핸드폰에
고창 친정 언니가 활짝 웃고 있는 사진 한 장
참 이뿌게 나왔넹
답톡*을 하고
세월이 이 세상에서 가장 무서운 존재란 걸
새삼 느낀다
아카시아꽃 시절
유난히 뽀얀 피부 세젤예** 미모급 언니
덜 배우고 고생만 한 언니가
아들 며느리 손주들과 흐뭇하게 화목하게
생일과 명절을 함께 보내는 모습은
진흙 속 진주, 연꽃 저리가라이기에
늘 마음으로 박수갈채를 보낸다 ♥.♥

*카톡 답장
**세상에서 제일 예쁜

36

2부

계양산 아래 1

인천광역시 계양구 주부토로532번길 38
안남초 안남중 사이
자그마한 6층짜리 동남아파트

계양산을 향해
베란다 창문을 열면

뱅기 한 대 쓔우웅
초록초록 지저귀는 새
전선줄에 앉는다
그 순간
찌리릿 @.@

배달왕국

맘대로
생각대로
손전화 주문만 하시면
띠용띠용띠요옹 부릉부릉부르릉 따릉따릉따르릉

한달음에 달려오시는
택배 퀵배 자전거배 로켓배송
쑝 휘르륵
배달왕국 크앙*
2024 대한민국 힘내세욧!

*놀라움의 뜻!

ㅋㅋㅋ송

하늘에서는 뱅기 소리 ㅋㅋㅋ
들려오는 새 소리 ㅋㅋㅋ
달려 오가는 바이크 소리 ㅋㅋㅋ
볼 스치는 바람 소리 ㅋㅋㅋ
아래층 꽃 보며 깔깔거리는 언냐옹들 ㅋㅋㅋ

나도 한 수 두 수
지저귀어봄 ㅋㅋㅋ
아름다운 이곳 이 순간
감솨아 ㅋㅋㅋ

계양산 아래 2

계양산 둘레길 계양산로119,
주부토로 597-1, 계양산성 초입 삼거리
벽화에 그럼에도 불구하고 할 수 있다
대나무 그림 등등등
　계산체육공원 산책하다가 오른쪽 CU 건너 둘째 집 그
곳에 가면 (LAKO) 빈티지 옷집 들렀다가, Now 24 CAFE
들렀다가, 새로 나온 키오스크 장비들을 첫 경험으로 핫
쵸코 사다가, 백두대간 흰머리오라방 도와주셔서 감솨아
~. 카누랑 나랑 돌아돌아 앉는 통나무 의자 위, 핫쵸코
두 모금을 마신 채 올려두고, 서쪽 하늘에 눈뿌시게 떠
계신 햇님과 눈 맞추며 아가는 빵긋 웃는당. 두 팔을 벌
려 올리고 떼구르르 빙그르르 덩실덩실더덩실 아리랑 춤
을 춘다. 하늘엔 비행기가 쓩, 파랑새 한 마리가 휘르륵
아까 본 달님도 필시 웃고 계시리라 등 뒤에서. 지나가는
차들 사람들 모두 다 날개 숨긴 천사들이어랑. 계산고등
학교 정문 앞 큰 비석에 '正心大道'라 쓰여있드랑 ♥.♥ 청
청한 하늘엔 만국기가 펴얼펄 휘날리공. 깜빡깜빡 신호
등 팅커벨 천사의 신호가 오기 전부터 Now 24 CAFE에
두고 온 내 빨간 모자, 리본 금장 번쩍번쩍 한 골프 모자
좀 비싼 거이라 찾으러 다시 되돌아가. 빨강 T 노랑 바
지 아가랑 아빠랑 앉아계신 그곳 바로 옆 빨강 금장 리

본 노자. 찾았다 까꿍. 다시 도전 새로 나온 키오스크 장비들 앞에 서서섯. 두 번째도 실패라 카페 사장님과 통화해서 성공 앗싸! 삼세판이랬으니깡 담번엔 퍼펙트할 꼬양. 우덜의 오늘 지금의 현실 이토록 뿌듯하게 벅차오르는 순간 ♥.♥ 쿵더쿵쿵더쿵쿵더러러 지화자 좋다 얼쑤~ 지화자 좋다 좋고 말고~ 오지닷 참말로. 커피향을 유난히 좋아하는 내 새꾸 막둥이 카누짱은 익숙하다는 듯 소파 위에 앉아 아까 도와주신 천사 아저씨의 쓰담쓰담에 칭찬을 꿈뻑꿈뻑 즐기고 있다 나와 눈 맞추며 ♥.♥ 왕귀욥당 졸귀탱 내 새꾸 울막둥이 ♥.♥

☀ 바라기 1

뜨는 ☀
지는 ☀
조아려 봄
♡이가 보임

작전문화공연

하늘에 조각달
비둘기 떼 칭구
의자 위 쉬시는 오라봐니
강쥐맘 예뿐 드레스
시계꽃밭
엉겅퀴꽃
찔레꽃
장미꽃
어우러진
아름답고
살기 좋은 계양구

졸맛탱

엄마, 졸맛탱*!
엄지 척 우리 딸
고마웡, 울공주님

있는 야채 몇 가지 넣고
파송송 계란 탁**
뚝딱뚝딱
라면 한 그릇 내놓으면

따뜻한 ♥이 넘친돠아 @.@
나는 그때 한입충***이 되고 ♥.♥

*졸라 맛있다는 뜻
**옛 국산 영화
***한 입만 달라고 조르는 사람을 낮잡아 이르는 말

☀ 바라기 2

아침에 눈을 뜨면
햇님을 본다
뜨겁게 솟구치는 님
햇볕으로 몸을 씻고
두 손 벌려
만만세를 부른다앙앙앙

눈이 뿌셔서
가지가지 빛깔이 여울지다
눈을 감으면
울나라 지도도
지구촌도 보인다랑랑랑

후와왕
쏴랑하는 우리 나라
대한민국 방방곡곡
(365일 24시간)
힘내세용용용 ♥.♥

시(詩) 2

나는 1003
니넨 1004

*가족톡방에서 카톡 주고받은 시각

코로나(CORONA, COVID-19)

코로나온다님 ♥.♥

그땐 한전이 이찌방였었쥽(엄지 척)

모난 정에 맞아

마자 잘난 놈 ♥.♥

*서리풀공원에서 만난 한전 1세대. 김진홍 목사님과 40여 년 봉사 다니셨다던 꿀벌 박사님을 기억하며.

48

집밥

집밥이 그리울 때
찾아오시는 우덜 MVP
넘사벽 H大 산디과 시로시로쨩
SS大 회계과 쉬시며 곰곰잠잠

맛난 거 해주고파
농민마트 카누랑 장 보러 다녀옴 ♥.♥

맘은 널 믿는닷!!!

3식2님께

안뇽?
난 두식이야옹
실은 간식까지 야곰야곰
다식이양 ㅋㅋㅋ
그럼, 안뇽!

멀티플레이어(Multiplayer)

올
대한민국의 맘이라면
알아요
멀티플레이어
우리덜 다

2U튜브다찌 ♥.♥

오따메 참말로 징상스럽쏘잉
먼일이당가용 시방글씨
씨상에마상에
눈깔이가곯아써거문드러질넘드리
씨뻘건대나제시퍼렁두눈똑바로뜨고
겁뚜음씨

호랭이가꽉씨버처무러갈징헌거뜨리

비 나리시면

유튭에서 리트리버 한우먹빵이 왁지지껄
울집 강쥐 카누도
양배추호박당근사료는 기본
고명으로 생선이나 육꼬기 있어야행

하물며
비 나리시는 오늘 같은 날엔
고향을 북녘에 두고 오신
울 오라바니언냐옹덜

옥수수 식량 보급 갔던 그 박솨님
곡식이 모자라고 배곯는 백성들
부잣집 형님이 황금이랑 다이아는 아니라도
황소랑 굴비랑 꽁치 댓 마리씩이라도 싸 들고
찾아가 봐야자는가 깨었는가… ㅉ

용산역

달님이 막 날
쫓아오시던
그날 그때
기차 창문
용산역 ♥.♥

아무리 이 세상이 힘들어도
존버가 답
그때 그 시절을 생각하면

카누 4

귀여와서 어떠카누
넘너무 사랑스러와서리 저떠카누
졸귀탱 ♥.♥

사설학원 1

Piano 학원은 형제할인으로
검도는 두리 가치
축구 1년
야구 1년
농구 2년
몸이 부딪히는 건 졸시로시로쨩 울 아드님
예체능 살리고살리고

사설학원 2

초딩 4년 때 영어 필수
영수학원 하나 보내지 아니하여도
엄마 남자 꼬추가 영어로 몽미?
글쎄… ㅋㅋㅋ
그게 거시기 말고 '거르스'
킥킥캬캭크아앙 @ㅇ@

초 5, 6 되도록 스무 개 문제 중
Boy뿐 쓸 수 없었던 아드님
개쪽팔리심 ㅋㅋㅋ
6학년 때 현재 영어학원 픽업 배송했더랬는데 ㅋㅋㅋ
글씨 이 녀석이 아그딜 죄다 끌고 ㅋㅋㅋ
PC방을 가셨다고 ㅋㅋㅋ
학원서 전화가 와서리 ㅋㅋㅋ
헐레벌떡 달려가 정중히
PC방 가신 까닭을 여쭙자 ㅋㅋㅋ
축구 구단주 되려면 최소
축구선수 선출부터 자금, 계획, 운영 등등등
알아야 해서 게임을 하셨다고
그 사유를 영어로 완성
졸귀탱 ♥.♥

비 오시는 날 밤엔

반지하방살던
핏덩어리울아가랑 ♥.♥
살림살이하루사리날파리초파리같은나날들도
꿈이고희망이고기쁨이바다로흘러흘러 ♥.♥
김치된장찌개도함박웃음
너털털우습지만오광블링블링샤방샤방

빗물이새올라오는반지하현관앞
문을열고쌀바가지로물푸고
쓰레바퀴벌레드나들던구멍였을까
밤새도록퍼도퍼도솟구쳐오르는디얼쑤
옆지하방사시던아줌마넨아예주방에서펑펑콸콸비가역류해서 ㅋㅋㅋ
날이밝자그집앞응암동최고부자배씨*사장님롤렉스다이야박힌시계차고
보람증권지점장네울안집아자씨도우러오시드랑 ㅋㅋㅋ
속도모르는전세개일등진돗개늼은김장독김치꺼내러가던내발등을깨물고
아파서된장에참지름을바르고
멍멍멍깨문이유는지새꾸덜건드리까봐서리 ♥.♥

줄넘기하루만개씩하던내게골드색그랜다이저타고댕기던

배사장님싸모왈운동해선절대살안빠져용싸우나매일다

니세욤 ㅋㅋㅋ

살빼는게목적아니라일만시간의기적을그반지하방에서꿈

꾸고있었더이당

캐딜락롤스로이스도전혀안부럽떤그때그천천국

시골쥐서울쥐생각나는시궁창냄새가올라오는주방씽크

대속이라도커피가루랑

계피가루랑두고두고도그천천국 ㅋㅋㅋ

*아바지가피난오셔서남대문시장서야채장시해서밤새도록다못새

깔고자는돈다발을자루째뭉테기로싸들고오셨드라고

도시락 투척 사건

그날의 충격은 깜놀 그 잡채 @.@
강남신세계 명성그룹 신 회장님 지하 ㅋㅋㅋ
K-Food코트에서 최고 좋은 건강도시락 3개를 사 온
날 ㅋㅋㅋ

봄왕좌님과 명공주님은
접근금지된 아빠의 부재로 예민하던 중 ㅋㅋㅋ
뭥가에 개빡친 명공주님 맘에게
그 겁나 무죄한 도시락을 냅따 던져버리시더랑 ㅎㄷㄷ
마치 윤봉길 의사처럼

왕좌님도 그날의 기억을 또렷이 찌르룻 @.@

나 고딩 때 점심 저녁 두 끼분을
싸주시던 그 옛날 도시락
김치볶음이나 멸치볶음 콩장 달걀후라이
김이 다였지만
졸맛탱 그 도시락 ♥.♥

쵸콜릿

한자뱅기속마데잉져명신계단식포장쵸콜릿감솨 ㅋㅋ

인천국제공항ICN면세점가에이미메이드잉코리아쵸콜릿도 ♥.♥

실크로드달리던징기스칸친화력빰치는카누찡 @.@

우즈베키스땅카자흐스땅키르키즈스땅실크양모스카프졸라싸고

국립박물관서쵀고여서사드려봄 ♥.♥

그치만ICN면세점가에나비와목단꽃선덕여왕무드어우러진

국산실크스카프가최고양 ♥.♥

항까치(손수건)

이미오래전예술의전당녹아내리는시계아니고

연보랏빛원피스형광색목도리비싼골프화신고간그전시회

굿즈샵(GOODSSHOP)에서사온하양순면에

백곰토끼야옹이수놓은그손수건ㅋㅋㅋ

. .
라떼는 말야 전국최다입학생서울봉천국민핵교3부제수업

입학식날약속이라도한듯거의비슷한겨울목도리손목부분인조털달린

겨울코트에왼쪽가슴에하양항까치크게달고콧물찔찔흘리던

그때그시절추억의국화풀빵열개에십원하고뽑기해먹던만화방

텔레비전도보고오빠언니따라당기던만화방어느날은장판밑에

숨겨둔엄마동전몇개를쓰리해다가그만화방가서까까사먹고

해가지도록한나절을보냈었지롱 ㅋㅋㅋ

라면 ♥.♥

울나라겁나많은라면
확치솟아개폭등놉*불쌍타서민들빠듯한살림살이
너무쪼아옙 ♥.♥ 나혼산**30%넘은지오래 ㅋㅋㅋ
K치킨은단백질쟝 ♥.♥
후루룩쩝쩝야미야미요미요미옴놈놈 ㅋㅋㅋ

*Nope: 'NO(안 돼)'라는 거절의 뜻
**나 혼자 산다

울 아부지

하나를 드리면 두세 개 주시고
두 개를 내드리면 네, 다섯 개로 주시는
꼽꼽쟁이* 울 아부지 ♥.♥

아니여야 고모왈
늘새거스로가장조은거스로최고로야무진노므로
미리준비하고계시다가니가하능거봐서리
니가열배백배달라므든백배천배무진장퍼주신당께 ㅋㅋㅋ

마자마자
손뼉 치며 춤추는 그대
최고 바부탱이양 ♥.♥

*쫌생이라기보단 아끼고 절약한다는 귀엽고 사랑스러운 말

64

3부

밥풀바지

다섯 살 우리 아들 봄이
김치볶음밥 먹다 흥이 나서
식탁 의자 위에 올라가
춤을 방실방실 추다가
아들 바지에 밥풀 묻었네
엄마 이 바지는 밥풀바지야
푸하핫

빤따지앙

첫 땐쓰 다음 감빠이 내일이문 솔까장난양 ♡.♡

사랑가

삥꾸밤하늘 한강을 건너는 쟈철
그리고 랏쓔~아 왈왈왈 내맘

28쌀 바람

가지가지맘 만나고자펑
오직 한 맘서 쉬고자퍼랑

일견(一見) 따뿌가이

애교보다능 무덤덤
미니스깐또 보다능 블루찐

봄

베뿌 으녕잉 시집가시능 3월이야말롱

가라오케서

달콤쌉싸름항 노래선물과
서꺼쓰 감빠이해도 두근두근방 ♡.♡

숲

숲에서 일어낭
숲속을 걸어랑
숲 계곡 던져버려랑
옴놈놈 멍는 나날들들들

칭구가 되려명

ㅍㅎㅎ 서로우서랑
ㄲㅇㄲ 드려마셔랑
ㅁㅈㄹ 터러노아랑

솔치댁 울 엄마

아니모도으짜거따지코구녕이라고그래라

오살헐놈드라 ㅋㅋㅋ

개코구녕구녕구녕죄다쑤시고다녀뿌럿네시바스키드라

거시기입구녕도걸드라18녕가고19녕온다라고용용용
ㅋㅋㅋ

한번있음두번도있다는뎅뎅뎅 ㅋㅋㅋ 삼세판은엄쓰리오
깡깡깡 ㅋㅋㅋ

모가질콱비뚜러서그숨통을끊어버리라고해야쓰까잉잉
ㅋㅋㅋ

피가하느를뚤코소사올라부글부글끄러올라올라쌍캉캉
춤을추리랑 ㅋㅋㅋ

닭볶음탕해서리쳐묵쳐묵해무그까나리액젓담가볼까낭
낭낭 ㅋㅋㅋ

5톤트럭다모아10톤검정봉다리에내다버릴까나리액젓담
가볼까낭낭낭 ㅋㅋㅋ

선조님들의지혜는무한대로셍셍셍 ㅋㅋㅋ

Good은갓GOD지(갓김치)따라쟁이야옴뇸뇸 ㅋㅋㅋ

우리거이신토불이쵀고야얌뇽뇽 ㅋㅋㅋ

아가릴쪼사뿌러라고그래라잉쌌빠가지음는새꾸더른어
른할게음써써

아써쓰다써징허게쓰다만 ㅋㅋㅋ

쓴거이모메조코당(糖)거이모메안조아야잉잉잉 ㅋㅋㅋ

가지가지처하고자빠졌네느자구음는거뜨링링링 ㅋㅋㅋ

깜도안되는거뜨리개무시를까다니햇마늘국산껍다굴까
고까드시다

까주까마까할땐까고하까마까할저겐하라고그리쎄가
빠지고

입구녕달토록눈구녕귀구녕에서피가철철철

흐르도록말씀하서껴늘늘늘 ㅋㅋㅋ

깐마늘껍따군다쓸모라도이쩨잉 ㅋㅋㅋ

쓰잘떼기음는거뜨리와오따메우짜쓰까잉참말로 ㅋㅋㅋ

공자맹자순자노자보다웃짜놀자라고늘늘늘가르쳐주심
감솨아아 ㅋㅋㅋ

우덜조상님들지혜는끄치엄써야이아니깜놀 @.@

인천앞빠다가사이다래도고뿌음쓰면못머거야니미씨팔
조또아닌거뜨리

리리리자로끝나는말은미나리항아리개나리우리메아리
ㅋㅋㅋ

앙꼬엄는단팥빵은징허게맛없드라쳐묵쳐묵퉤퉤퉤
ㅋㅋㅋ

191931운동때우찌피토하며숨거두신조상님들지켜
온나라

625피란때업고지고이고손에손꼭잡고함흥그배에서부산
국제시장까정

강바다하늘이열리기까정잡거뜨라 ㅋㅋㅋ

419 516 넘고넘어학교쟁이땡땡땡종이울리고

☀가뜨고웃는얼굴방가방가

새마을운동때수출역군100만불달성무역의날에서

가방공장미싱사로시다로울엄마언냐웅들회사유니폼을

폼생폼사나는요이구역패션깡패샤방샤방블링블링패셔
니스타

이제는반도체수출초대왕강국쩌네전쟁알랑가모른단강
ㅋㅋㅋ

우덜큰성님 DJ성님께서사회문화경제전반분야에서

세계으뜸국미리준비하시고함께손에손에꼭잡고19시고

코리아나2002월드컵대한민국짝짝짝

박39는울당숙초딩동5세창33인의한분따라지은이름박세
창회장님은당신형님드리

625때다도라가시고전우여찍으시고

GE본사는깜도아냥LGE삼손SAMSUNG SDI입학을추카
추카계양공고플랭카드

현대기아차란차는다붕붕붕뱅기도슝슝슝

강철대왕국POSCO선박이면선박내입이아파라

말모텨잡거뜨라

말끼를못아라든냐웅냐웅냐웅 ㅋㅋㅋ 노답이냐웅냐웅냐
웅 ㅋㅋㅋ

도마우에올려노코마늘쪼듯쪼사부러쓰까잉 ㅋㅋㅋ

이제는반도체수출쵸대왕강국쩌네전쟁알랑가모른단강
ㅋㅋㅋ

AI-ROBOT시대에도울나라가으뜸국될꼬양양양

찜쪄머끼저네제정신차리시고들들들

자자지말고늘깨어서자나깨나불조심모르냐옹 ㅋㅋㅋ

아가드라이뛔살것네5959 2929 5252 손주바보아시냐옹 ㅋㅋㅋ

9988시대울어르신들잘바뜨러뫼시고바뜨러총모르냐옹아시나용용용 ㅋㅋㅋ

군대짠밥쪼께드셔볼랑가잉빵마슬함보실랑가롱메롱메롱 ㅋㅋㅋ

오따메씨방몬소릴해대싸쑈잉잉잉

군대밥졸맛탱시대랑께라우우우 ㅋㅋㅋ

빵도진화해서졸맛탱이드라구우우우 ㅋㅋㅋ

우찌든보잡이영짜샤드라큐라네이트집쫌자그마니잡꺼라잉잉잉 ㅋㅋㅋ

눈떠서입만열면욕지꺼리솔치댁울엄마

그높고크신사랑가없이그리웁다용용용 ㅋㅋㅋ

울 오빠 인천공고

호호호 호빵 사주시던 울 오빠 ♥.♥
세계문학 한국문학대전집 금성출판사 사주신 울 오빠
종로학원 재수하다 실패했지만
IQ는 134영 알간 모르간
지금은 천안에서 선반공장 1인 사업장 하시고
삼시 세끼 쐬주 반주하시다가 동태탕을 유난히 좋아하시던
불쌍타타오르는 불꽃 ㅋㅋㅋ

교회 당김시롱 싹 바가지
새언냐논 불쌍한 씨엄니 울엄마 솔치댁이
암 걸리자 올타구니 술 처먹고 눈 뻘겋게 와
하는 말 "난 니네 엄마 병수발은 못 든다"구 @.@
전기밥솥에 곰팡이가 피어올라 뚜껑을
열고 깜놀하기가 다반사였다던 바부탱이 무당태수 같
은 오빠
어릴 적 부모 사랑 못 받은 논놈들은
어디서든 티가 나 그렇게 평생을 지지고 뽀꼬 살다가
정이 푸져서 위자료로 살던 전셋집까정 다 주고 이혼하고,
하나뿐인 조카 윤소평이를 뒹국으로 조기유학 시켜,
북경외대 버젓이 나와 뉴욕 브루클린서 영어로 불라불
라 할 때까정

뒷바라지한 기러기아빠 장한 울 오빠

고창 언니가 담근 김장 김치를 박스째 동태탕집 사장
님에게

갖다 바치는 푸진 인심은 솔치댁 피내림 아니냐옹
ㅋㅋㅋ

술 푸게 하는 씨상

또 술퍼?
술푸지마

(달님에게 보내는 카톡)

엄마가 몰 아라 @.@

(라떼도 그랬고 알타미라동굴에도 그 비슷한 말 써있다자나)

또 눈뜨고 나니
식탁 위 놓인 캔맥주깡통통통

술 푸게 하는 씨상
우짜쓰까엉엉엉 ♥.♥

호떡

울 달님
한 시간이나 지들려
맛집 호떡 사 오시드랑
엄마 근데 속에 꿀이 쫌 이상해
음 어릴 적 조청 맛이얏 @.@
피자 햄버거도 좋지만
기름기도 쫙 뺀 것이
겉과 속이 야무진 것이
역씨 우리 꺼이 최고양 ♥.♥

추억을 먹는 호떡

한양떡집 앞에서

계산역 6번 출구
계양산 가는 길 건너편
한양떡집 앞에서서성
어릴 적 부모님과 형제들과
다정히 둘러앉아아아앙 떡 하나 주면 안 잡아먹찌 ㅋㅋㅋ
동화 속처럼 늙은 호박떡 콩버무리떡 쑥개떡 쑥버무리
산당당당
그 옆 나란히 나란히 셀 수 엄씨
그리운 떡들들들
방바닥에 비니루 깔고
인절미를 맹글어 접시로 갈라갈라 콩고물 무쳐
톡톡톡 던지면 그 꼬순내 나던 인절미
울달님 최고 좋아하시는 인절미
울 아가들에게도 고이고이 물려주고 싶당당당
몸에 조은 호박, 쑥, 우리 것들들들

☀ 바라기 3

일기예보에선 비라해도 썬구리 끼고
나선 계산체육공원 산책길
계양산 아래 계양산성 경인여대 장미원 경인교대
계산고등학교 두르르

남녀노소 외쿡인 다 같이 가치
따사롭고 시원한 아침의 나라답게
헛둘헛둘 웃쌰라웃쌰
짝짝짝 킬킬킬
행복한 하루를 열고 있는 시간

이 세상 모두 다 ♥하리

서로서로 아나바다* 하면서

이 소중한 은혜와 축복의 땅

울나라 대한민국을 지구촌을 지켜내고 싶당당당 숭구
리당당당

지화자 조타 얼쑤

아리아리랑 쓰리쓰리랑 아라리요

*'아끼고 나눠쓰고 바꿔쓰고 다시쓰자'의 준말

☀ 바라기 4

저 하늘 높이 구름 위로
힘차게 떠오르신 ☀님
저가 방실방실 웃음으로 윙크하면
님도 벙긋벙긋 웃으시며 윙크로 답하신당 ^.@

잡채

맹글기는 유틉 참조
빨주노초파남보
무지개가 보이고
아리아리 아리랑이 보이는 건
나쁜일깡깡깡

카톡 씨상

문자도 전화도
밴드도 졸업하고
카톡 씨상에 살고
우린 졸업의 시대가
겁나 빠른 시대에 산다 ㅎㄷㄷ

—from. Early Adapter

어묵볶음

맹글기는 잡채랑 비슷하당 ㅋㅋㅋ
소금이든 간장이든
간만 잘 맞추고고고 ㅋㅋㅋ
생강은 스리슬쩍쿵 가루로
당이 무섭거들랑 대체당도 있으니깡 ㅋㅋㅋ
빠샷!!!

불고기 맹글기

소꼬기 준비하시고~ 쏘세용! ㅋㅋㅋ
야채 가지가지
빨주노초파남보 무지개깽깽깽
쌍무지개 본 몽골초원보다
더 고운 빛깔 때깔 입혀
간장 반 물 반 맛술도 좋고고고 씽씽씽
설탕 대신 대체당도 좋코코코눈! ㅋㅋㅋ
잠시 재웠다가가강바다
뽀글뽀글 부글부글 짜글짜글 지글지글
볶다가 쫄이다가가강바다
지름 한 방울 쪼르륵 깻가루 솔솔솔
완성 뚝딱뚝딱 뚝딱뚝
울 엄마 만만세~

딸기

카누 장난감 딸기양양양
카누 로얄제리 발라진 딸기
주방 지멘스세척기 나란히 놓여져 있음 ㅋㅋㅋ
졸귀탱 ♥3♥

저 어릴 적
부천 삼정동 칭구 은영이네 딸기밭
다 가치 가서
싱싱하고 초록초록 빨강빨강한 딸기 먹었네
X-서방 팔자에 아들 없다는데
만 5년간 민간요법 한방요법 죄다 행하고 얻은
세상 하나뿐인 햇님 울 아들님 갖고
맨 처음 먹고 잪던 그 딸기

따 먹던 추억 그 향기

만국기

약대(若大) 국민핵꾜 너른 운동장
푸른 가슴 하늘 위
휘날리던 만국기

계양산 바로 아래
계산고등학교 오월 푸르디 푸른
하늘 위 휘날리드랑

금구슬 내 칭구 초딩동
선화예중고 나와 미쿡 갔다두만
잘 살고있냐옹
조폭 대디 화가 맘이라옹
육성회장님 문턱 달토록드나드시던 금구슬맘
UK 이튼스쿨 교복처럼 백화점 명품만 입던 그 아이
SH공사 No.2 초딩동 우숩인 그 애가 졸라
부러웠다드라만 ㅋㅋㅋ

내 맘속 언제나
만국기 휘날리드랑 훨훨훨~

☀ 바라기 5

만만세 부르며
☀님을 올려보면
눈이 뿌셔서
눈을 뜰 수조차 음따 >.<

더 하고 싶은 일(버킷리스트)

인천 어느 바닷가
높은 언덕 모퉁이 카페에 자리 잡고
그 에메랄드빛 하늘색 닮은
바다를 굽어보며
맘에 안 들면 같이 간 친구덜이랑
바다에 던져버린다고 농을 킬킬 주고받으며
영화보다 더 영화다운 팩트(fact)를 찍고 싶다다닷

전 세계 양궁, 씨름, 축구 대회도
월드컵도 야구, 농구, 핸드볼 등등등 ㅋㅋㅋ
비인신년음악회 아니공
세계 243개국 VIP 다 초청하고
수도 서울 신년음악무용총망라 대잔치!

아리아리랑 쓰리쓰리랑

스무고개를 넘어너머너머

아라리요 목청껏 소리 질러

하늘엔 우리 연, 풍선, 드론, 종이비행기까지 드높이
띄우고

탈춤 추며 손발 휘저으면서서섯 ㅋㅋㅋ

색동저고리 알록달록 노랑저고리 빨강치마 로꾸꺼
도 좋고

빨강댕기 초록초록 아가들 무지갯빛 할비할미들 손에
손 잡고

얼싸얼싸 부둥켜안으며 강강술래 말이다다닷!!!

끝나지 않는 노래

나는 지금도 꿈을 꾼다

어떤 늼은 완죤 또라이 미친뇬이라 생각하리라
미치치 않고서야 어찌 이루어진단 말인가
나는 보노라
나는 듣노라
나는 생각하노라
나는 마음먹노라

나는 여전히 꿈을 꾼다
꿈은 반드시 이루어진다는
인동초 같은 세월
기도와 믿음 사랑으로 산다
도전과 용기, 지혜와 겸손으로 갖춘다
행(行, 幸)한다

또라이 미친뇬 같은 미소와
우리의 칭구 같이 덩실덩실 춤 추며
푸하핫 웃음으로 얼싸안으며
칭구들과 손 꼭꼬옥 붙잡꼬
꼭 이루어낼 것이닷

4부

계양산 장미원
—비 나리시는 장미원에서

눈물 머금은 장미 한 송이
초록초록 영롱한 눈물들 흘리는 솔솔솔

눈부신 오월의 신부가 될 언제
달님에게 카톡을 보내는 맘

홀로 두울만 폭풍수다 떨라고
비 나리시고
이제 일어나 걸으라고 비 그치시고
피어오르는 산연기(산람) 한국화 한 폭이구랴
치컥치컥 하라시는 아부지맘

장미원 실버카페에서 7시까정
일하시는 님들이영
할렐루야 아멩! 따라 해주시는
진리를 아시는 님들이영
포에버영(Forever Young)

커피콩빵 국화차 들고
이규보 시비 앞 치컥치컥
활짝 만개웃음 ㅋㅋㅋ
날개만 없는 천사들이 다니고 있옹

백만 송이 장미가 그립거든
꼬옥 두 손 붙잡고 업꼬두 오시게나들들
이름 이름 올 이름 장미만 음써서 슬픈 아리랑

엄지발꼬락

나는 그제
엄지발꼬락, 검지, 장지까정
도마가 떨어져 찧는 바람에
피멍이 들어도
6·25 때 총상 입은 님들 생각에
병원도 안 갔습니당

그런데
어제는 비 나리시니 더 쑤셔서
쩔뚝거리며 천천히
설마 주일에도 할까 싶어
성베드로병원까정 갔더랬습니당
바부탱이 ㅋㅋㅋ

그러나
오늘은 비 갠 후 개맑음이라
병원 간답니당
왜? 나는 소중하니까용
제 안에 님이 함께하시자나용♥

TV 앞에서

세계 최대 예수님상 맹글어어어
리오네자네이루(Rio de Janeiro)보다
더더더 많은 떼돈 벌어봅세세세
얼쑤 지화자 조타
쿵따라쿵 따라라 덩기덕덩더러러

사랑가 2024

하나된 우리
으뜸 나라
인류 다 같이 가치
서로 아끼고 ♥하며

할렐루야~
아멩멩멩!!!

하루 만 원 살기

달님이 하루 만 원 살기
시켜주셔서 감솨아아아~
일 주 오만 원 아니 칠만 원
다 아낄 수 있어용용용

하지만
우주보다 더 사랑하는 햇님
꼬기 사줄 돈이 모자라용
풀떼기 사기도 턱이 없어용용용~

로또복권 2

나는 오늘도
로또 사러 간다아아아

햇님에겐 5억을 현금으로
달님에게도 똑가치
주고 싶어서이당당당
그리고 막뚱이 카누
유치원도 마음껏 보내줄 테야야양

오이지

중딩동 정애는 오이지귀신
월매나 맛깔나게 담그시는지
고추젓도 짱아찌란 짱아찐 바리바리
제철에 담그시던 님
서방님은 섭하게도 안 좋아하신다던데
지금은 잘 드실려나옹 ㅋㅋㅋ

한때 저도 국물 없는 오이지까지
한껏 담궈 먹으며 뿜뿜뿜
모 교회에 찬으로 싸갔었어라우우우
솔치댁은 유난히 오이질 좋아하셨더라우우우
그 맛난 오이지가 땡기는 오월의 끝자락
바람이 선선하니 행복가득 ㅋㅋㅋ

알초장 맹글기

예닐곱 개 알을 10분쯤 삶는다아아
찬물에 담가 껍질을 깐다아아

샘표간장 반 맛술과 식초 반으로 물도 조금 타고
설탕 반 대체당 반으로 휘저어
아까 대기 중인 알들을 퐁당퐁당
알들 위로 후추를 후루루 뿌리시공
청양고추 청홍고추를 쫑쫑쫑 썰어서 장식으로 얹
으시공
흑깨 노랑깨 솔솔솔 뿌리면 완성 뚝딱뚝딱

CBS Radio

언제부터일까 30년은 넘은 듯
나는 요리를 할 때는 더욱
CBS Radio의 노래가 있어야
맛이 살아난다아아

종일 틀어도 질리기는커녕
안 틀면 숨 막힐 듯 깝깝하다아아

리듬과 가사에 맞춰
흥얼거리며 방댕이를 씰룩씰룩 춤춘다아아
#9390으로 노래 신청도 했었다아아
레인보우(RAINBOW) 실시간 채팅도 한돠아아아

마늘청

마늘을 겁나 좋아한다아앙
그것두 진짜 꿀에 잰 마늘청
한때는 마니아급 뽐내며 뿜뿜뿜
솜씨랄 것도 음써양
그냥 정성만 기울이면 되양
유리병이나 항아리 단지에 마늘과 꿀을 반만 차게
맹글엉
귀 기울이며 아침저녁으롱
1~2주 지나 잡숴봐양
겁나 몸에 좋아라우우

총각김치

아침☀님 만나러 계산체육공원에서 놀다
집으로 돌아오는 길
우물가에 자리 잡고 계신
할머니표 총각김치를 산다

오늘 하루 일만 원어치를
제대로닷 @.@
그런데 웬일?
덤으로 얻은 진짜 쑥버무리 맛이 환상적이다☆

집에 드루와
된장쑥두붓국에 콩팥잡곡밥 말아서
시뻘건 총각김치 하나를 베어문다
엄마의 손맛
바로 이맛이닷★

오조산공원에서

롯데마트 홈플러스 코아루 초정마을 두르고
계양문화로 시작지점 오조산공원
사시사철 풀꽃나무 분수대 12별자리 뿜뿜뿜

비둘기들 구구구
아가들 방긋방긋 남녀노소 어우러져
햇님 두둥실 함박웃음

카누랑 나랑은
팔각정이나 벤치에 앉아
이 아름답고 선한 풍광에 취하노라

한 모퉁이 4.19~7.17 걸쳐 물놀이 공사 중
돌아오는 물놀이는 얼마나 숨 막히게 기쁠 것인가!
심장이 쿵쾅쿵쾅 빠운스빠운스!

쪽파김치

1. 쪽파들을 씻고 다듬어 채반에 물기를 뺀다.

2. 고춧가루, 액젓, 새우젓도 있으면 조금만
   맛술, 간장, 설탕 반, 대체당 반(원래는 밥풀 갈아서)
   사과, 양파, 당근, 마늘을 갈아서 버무린다.

3. 2에 1을 넣고
   참기름을 한두 방울 쪼르륵
   왼쪽으로 돌리고 오른쪽으로 돌리고
   위아래로 섞어서커스으으~

4. 예쁜 흰장미 핀 접시*에 한 움큼 담아
   깻가루 솔솔솔 완성 뚝딱! 밥 한 공기 뚝딱딱!

*남대문시장에서 솔치댁 울 엄마가 나 시집갈 때 사주신 것
Lee's House

가마솥 누룽지

가마솥에 누룽지 벅벅 긁어서
너도 먹고 나도 먹고
둘이 먹다 하나가 죽어도 모를 맛
산책길에 산
총각김치 얹어 먹어도 좋고
오징어젓 낙지젓 어리굴젓도 겁나
맛나고
햇마늘 청홍고추 된장고추장에 찍어 먹어도 좋당

눈 깜짝할 새
한 그릇 뚝딱!
주모, 여기 누룽지 한 사발 더 주셩~

카페인 중독

요새 아그덜은
음료 속 카페인 아니공

카카오톡
페이스북
인스타

그래서 카페인 중독이랑

우짜쓰까잉

비둘기

999999
595959
292929
999999

사랑스러운 눈
번쩍이는 털 빛깔
콧등에 하양 ♡
너는 아부지께서 보내주신
나으 칭구

빙그르 빙그르
데구르 데구르
덩실덩실 더덩실
소고와 장구, 꽹과리와 징에 맞춰
영원히 평화로웁게 춤 추게나나나

껌

콩 한 알도 나눠 먹는 우덜
껌 한나를 씹어 먹고 단물 다 빼먹고도
벽이나 엄마 화장대 어디든 붙혀뒀다가

다음날 그 다음날도 까매질 때까정 씹던
한때 우덜은 껌 쪼까 씹던 아가들였땅 ㅋㅋㅋ

부채질

5, 30, 60만 원짜리 부채도 있고
선풍기 AI에어컨도 있어도야

나 어릴 적 가끔 필리핀처럼 더운 여름밤처럼
하나 두울 서이 너이 ~ 백

백 번씩 서로 씩씩 부쳐가며
어느새 스르륵 잠들던 고 너덜덜 누르스름한
대나무살 부채만 하량

마늘덮밥 맹글기

1. 검정콩 붉은팥
   39곡 잡곡쌀을 씻어씻어서서섯

2. 어제 거저 주신 울 햇마늘 두통 통통통
   한 통만 한 겹을 벗기고
   연한 껍질째 반반 가르고
   1 위에 2를 앉혀서리리릿

3. 아이들 키울 때 이 상하지 말라고
   감자를 몇 알씩 얹어서 밥을 하곤 했다우우우
   익혀 먹으면 더 좋은 건 다 되야야야
   가루라면 더욱더 좋지야야야

4. 최고의 항암력 성인병 가지가지 만병통치약
   예방이 최선이니깡깡깡

김치볶음밥

1. 어드런 김치든 쪼아양
   고 얼큰새코롬짭짜름달콤쓰 김치를
   쫑쫑 썰어어에헤라디야
   가지가지 야채를 토마토나 사과두 쪼깐썩 썰어어에
   헤라디야

2. 펜에 콩기름이든 올리브기름이든 휘르르 두르고
   1을 넣고 치르르치르르 뽀까뽀가뽀까서 얼씨구 조타

3. 어드런 밥이든 되야양
   고 꼬들꼬들 질척질척 된밥 진밥 맛난 밥을
   널따란 나무주걱으로 펼쳐펼쳐 눌러눌러 꾹꾸욱
   서꺼서꺼 뽀까뽀가 지화자 얼쑤

4. 3을 아름다운 하양 모냥 그릇에 담가
   기름을 두르르 깨를 솔솔솔
   완성 뚝딱뚝딱뚜따딱

졸맛탱!!!

결벽증(완벽주의자)

이 세상 그 누구든 완벽할 수 음따
결벽증 환자만 있을 뿐 ㅋㅋㅋ

제자리에 제 물건
자고 일어나면 군인처럼 각 잡고 이불 개고

밥 하고 국 끓이고 찬 몇 개 뚝딱뚝딱
맹글어 사 먹어도 되고
혼밥이든 둘밥이든 온 가족 대가족 밥이면 더 좋고
설거지도 스륵스륵 스르륵 쏴아쏴아앙

청소기 돌리고
물걸레질은 해도 되고 안 해도 되고
카누 털이 점령한 이 온 세상을
돌돌이까정 있는데 두루두루 말아버리면
그만이지 않은가? ㅋㅋㅋ

그대로 아직 오전 열 시로구냐옹야옹야옹
오늘 하루도 실컷 춤추고 노래하며
이 아니 천국이로솅!!!

나라는 사람 2

내 나이가 나일까
내 직업이 나일까
내 학력과 수입이 나일까
내 특기나 취미가 나일까
내 이름 내 얼굴만으로 나를 단정 지을 수 있을까

내가 지금껏 만났던 모든 사람
내가 읽어 온 모든 책
내가 본 영화나 드라마 누려온 문화예술작품
내가 도전한 것들과 실패와 성공
다 같이 있을 때 함께 한 미소와 웃음소리
오직 혼자였을 때 흘렸던 뜨거운 눈물과
나도 모르게 부르던 노래와 간절한 기도
내가 여행한 곳들과 풍광
늘 산책하던 길들 꽃들 풀들 풀벌레소리와 산새들의
지저귐

자주 들렸던 장소 흐르던 음악들과 끄적임들
아름다움과 생명의 빛으로 가득 찬
내가 사랑하는 사람들 내가 믿어 온 것들
내가 꿈꾸는 삶의 모습
삶을 향한 영혼으로부터의 뜨거운 열정 아닐까

나라는 사람

파뤼파뤼

달님 임신 훨훨씬 전부터
좋아하던 음악을 종일 들려주고
태어난 달님, 엄마 아빠를 부르고
낮은 화장대를 잡고 일어서자마자
소니 카셋 라디오 앞에서 마에스트로가 되어
지휘하기 시작하다니
방댕이 기저귀에 왕창 싸
씰룩씰룩 방실방실 웃기만 하던
그 고운 두 앞니 ♥.♥

음악은 공기나 물과 같아 내게는

둘째 햇님이는 다섯 살 어리다고
누나 다니는 딩동댕 딩동댕 피아노 학원 거절 받아
눈만 뜨면 누나 세뱃돈 용돈 다 털어 산
전자올겐 앞으로 달리고 달려
악보도 없이 어느 날 홀연히
베토벤의 월광을 뚜드리던 날 @.@
아아 나는 쓰러질 뻔 깜놀깜놀

그리고 자라서 누나 10년 다니고
누나 따라 2년이 되어가는 어느 날
창조미술음악학원 축제에서 모짜르트곡
30여 분어치 외워서 피아노 치던 날
디카로 동영상 촤르르촤르르 찍던 맘
울 아덜 천재신동 만만세!

너희들이 자랄 때 모든 날 모든 일들이
파뤄파뤄 내 인생의

나라는 사람 2

윤혜원 지음

발행처   도서출판 청어

발행인   이영철

영업   이동호

홍보   천성래

기획   육재섭

편집   이설빈

디자인   이수빈 | 김영은

제작이사 공병한

인쇄   두리터

등록   1999년 5월 3일

          (제321-3210000251001999000063호)

1판 1쇄 발행 2024년 8월 20일

주소   서울특별시 서초구 남부순환로 364길 8-15 동일빌딩 2층

대표전화 02-586-0477

팩시밀리 0303-0942-0478

홈페이지 www.chungeobook.com

E-mail   ppi20@hanmail.net

ISBN   979-11-6855-269-2(03810)

본 시집의 구성 및 맞춤법, 띄어쓰기는 작가의 의도에 따랐습니다.